HADERER

Jahrbuch

BAND 11

ISBN 978-3-903-05531-5

Fotos: Bernhard Stadlbauer (S.39, S.41 Bild 1-3,5), Martin Bruner (S.41 Bild 4), Schule des Ungehorsams (S.40)
Buchgestaltung: Scherz & Schund Fabrik

www.scherzundschund.at
Druck: Grasl Fair Print
Printed in Austria

Geld ist besser als Armut - wenn auch nur aus finanziellen Gründen.
Woody Allen

Na dann: Ein Jahrbuch.

Jetzt haben wir das Schlamassel. Oder, wie es unser MOFF-Inspektor in perfektes Austrian-English übersetzen würde: Now have we the salad. Der fesche Sebastian Kurz wurde zum Bundeskanzler gewählt. Weil nämlich Barbie und Ken leider nicht kandidiert hatten, Veränderung aber doch irgendwie geil ist und das Schließen diverser Flüchtlingsrouten so super ankommt und weil der telegene Basti in Talkshows umjubelt wird wie Christiano Ronaldo am Fußballfeld. So lasst uns doch rund um unsere Festung Europa und um die USA herum immer höhere Mauern bauen, dann sind wir alle sicher und alles kann wieder so schön werden, wie es früher einmal war. Eine konservative Revolution ist angesagt. Schluss mit dem Gesudere von aufgeklärtem Humanismus und sozialer Gerechtigkeit. Bühne frei für die Trumps und Bastis dieser Welt. Hinein in schicke Dirndlkleider und Lederhosen, weil mir san mir, und singen wir wieder die fröhlichen Lieder aus Gesangsbüchern der braunen Burschenschaften. Widerstand ist zwecklos, denn die Erde ist eine Scheibe und außerdem ist sowieso nichts so erfolgreich wie Erfolg.

Glück hat, wie man sagt, nur der Tüchtige. Unser höchstqualifizierter Polizeiminister Kickl zum Beispiel war auf seiner Suche nach schwarzbraunen Pferden lange Zeit erfolglos, doch dann bekam er glücklicherweise von seinem ungarischen Freund Orban zwei Stück geschenkt. Ein Deal mit dem türkischen Präsidenten, der ihm zuvor mehrere Tiere angeboten hatte, war Gerüchten zufolge gescheitert, da es schwarzbraune Kamele nur ganz selten gibt. Dass aber das Glück nicht immer ein Vogerl ist, sondern gelegentlich auch eine Schwalbe sein kann, das bestätigte Superkicker Neymar Jr. auf sehr eindrucksvolle Weise bei der Fußball-WM im fernen Russland (Seite 63). Sehr beeindruckt hat auch das Spiel unserer Nationalelf gegen die deutschen Loser (Seite 62). Unvergesslich bleibt aber auch die atemberaubende Performance unserer Alpinidole bei den Winterspielen irgendwo in Korea (Seite 23) inklusive erhellenden Erklärungen des ebenso sympathischen wie wortgewandten Skipräsidenten (Seite 12). Da dürfte wohl das eine oder andere Madl kurz den Atem angehalten haben. Me too.

Gerhard Haderer

HELDEN VON HEUTE

NA BITTE: HARMLOSER GEHT'S NICHT MEHR

PUTIN-WM

DER ORTSBILDPFLEGEAUSSCHUSS

DER FLUCH DER VERDAMMTEN

„SCHEISS URLAUB!", STÖHNT DER HERR NOVAK. ER VERFLUCHT ABER NICHT SOMMER, SONNE, HITZE, STRAND UND MEER, NEIN, ER LEIDET WIE SO VIELE UNTER KONZENTRATIONSSTÖRUNGEN, ANTRIEBS- UND APPETITLOSIGKEIT, SCHLAFSTÖRUNGEN UND ERSCHÖPFUNG: DEM POST-HOLIDAY-SYNDROM. DIE ARBEITSPSYCHOLOGIN JESSICA DE BLOOM STUDIERT DERZEIT IN HERRN NOVAKS AUFTRAG WEITERE BESORGNISERREGENDE PHÄNOMENE: POST-BLUE-MONDAY-SYNDROM, POST-SABBATICAL-SYNDROM UND POST-FIVE-WEEKS-SPA-STAY-IN-BAD-GASTEIN-SYNDROM.

...DES KÜBAL.

NOCH EINEN WUNSCH, DIE HERREN?
DER BLITZ SOLL IHN BEIM SCHEISSEN TREFFEN.

GIBTS IM AUGUST MAIKÄFER IN LONDON?
NA.
GIBTS IM AUGUST SICHER KANE MAIKÄFER IN LONDON?
NAA.
DANN IS DES DER USAIN BOLT.

NABEND. DIE HERRSCHAFTEN WOLLEN EINEN TISCH?
NEIN, WIR WOLLEN KEINEN TISCH.
WIR WOLLEN ESSEN.

MACHTWORT DES PRÄSIDENTEN

IMMER MEHR MÄNNER VERSTEHEN DIE WELT NICHT MEHR.

ZWEIHUNDERTSTER GEBURTSTAG

50 YEARS AFTER

BRAVO!!
maschek.
WAHNSINN, ODER?
SOO SUPER!

BIN SOWIESO EIN FAN DER ERSTEN STUNDE.

WIE DIE DEN VANDERBELLEN DRAUFHABEN, DEN STRACHE, DIE URSULA STENZEL ODER SEINERZEIT DEN FAYMANN, GRAN-DI-OS!

ABER AUCH DIE AUSLÄNDER: DEN TRUMP, DEN PUTIN, DIE MERKEL, DIESEN FRISIERTEN NORDKOREANER: ZUM ANWISCHERLN!

NUR BEI DIE DIALEKTE, DO SCHDRULZAS AWENG.

SIE MEINEN, ES STRUDELT DIE MASCHEK, WENN SIE DIALEKT SPRECHEN?
JO.

DE OWAÖSDAREICHISCHE MUNDORD, DE KINANS NED GSCHEID.
DE KINANS ÜWAHAUBSD NED.

DA MIDDALENA, DER MIN DSCHANGOHIAL AM SCHELOM, DER HODS GUAD KINA.
IN BOIL SEI EX, DE GREL, DE WOS SEID AN ZEIL MIN RUL ZAUM IS, DE KAUS AA.

OWAS KEANTNARISCH VO DENEN IS DAFIA VOI SUBBA, GOI?
NAA SIHA NIHT!

maschek.
ABER ANSONSTEN WAHNSINNIG SUPER!
GENAU.

LETZTE WORTE MUTIGER MÄNNER

ER IST WIEDER DA.

NICHT VERGESSEN: JIMI HENDRIX WÄRE JETZT 75

ALLES FASCHING!

1) ACHTUNG! ZU VIEL SONNE KANN HAUTSCHÄDEN VERURSACHEN

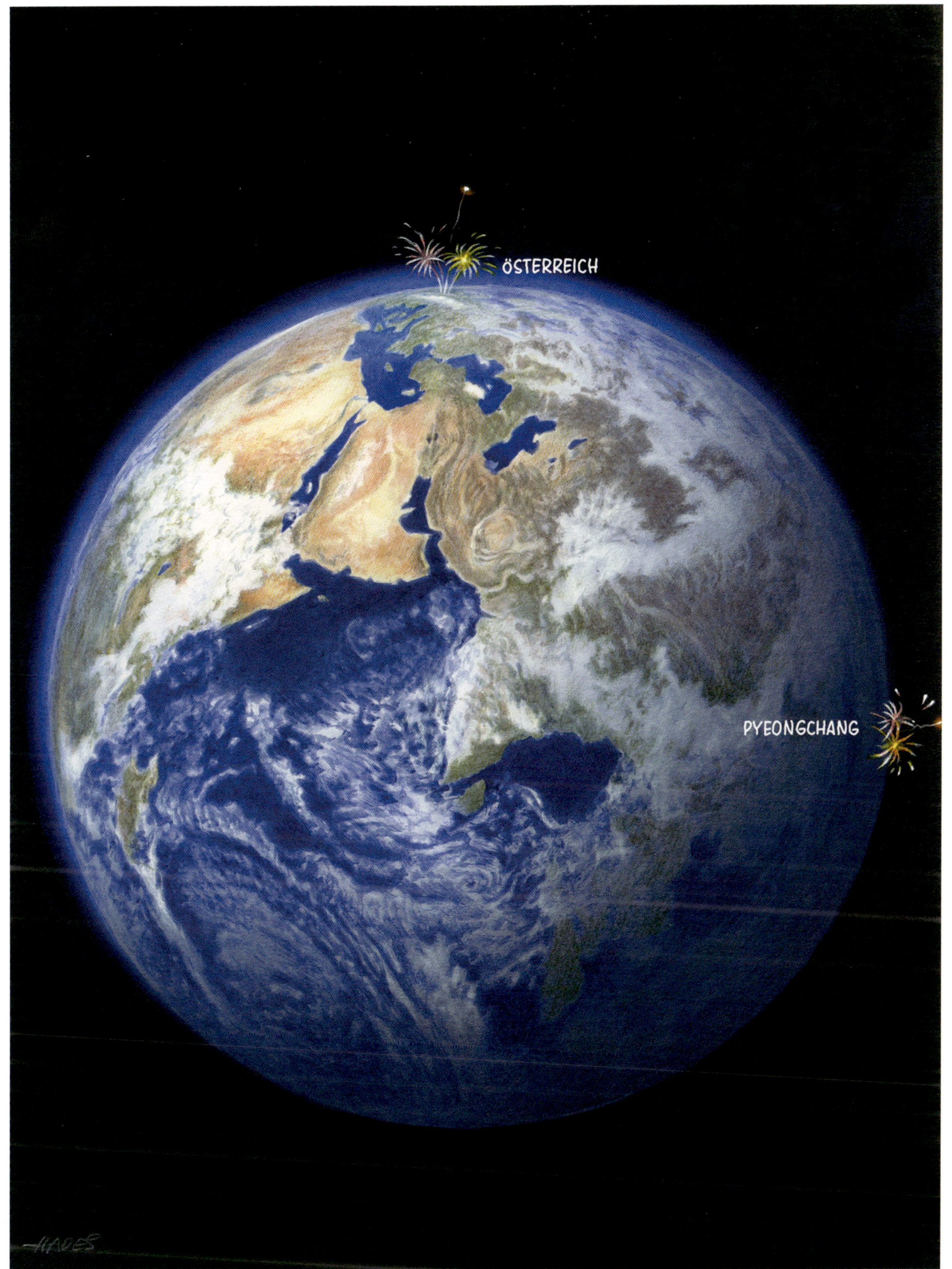

ÜBER DAS WELTWEITE INTERESSE AN OLYMPISCHEN SKIRENNEN

MÖGLICHE KOALITIONSVARIANTEN

VORBILD KLESTIL: DER BUNDESPRÄSIDENT ÜBT DEN PASSENDEN GESICHTSAUSDRUCK FÜR DIE ANGELOBUNG EINER SCHWARZ-BLAUEN REGIERUNG.

DEBATTE IM MORGENGRAUEN

PUUUH! ENDLICH GESCHAFFT. DIE WAHLEN SIND, WIE MAN SO SAGT, GESCHLAGEN. INKLUSIVE TV-MARATHONS DER SYMPATHISCHEN SPITZENKANDIDATEN, INKLUSIVE DIRTY CAMPAINING, SCHMUTZKÜBELATTACKEN, INKLUSIVE SPIONAGE UND GEGENSPIONAGE, EIN HINREISSENDER KRIMI EBEN, EIN MEDIALER QUOTENHEULER SOZUSAGEN, UND UNSER WIE IMMER BESTINFORMIERTER HERR NOVAK HAT NICHTS DAVON VERSÄUMT. WIE SCHÖN, DASS ER UNS FÜR DIESES HEFTL EINES SEINER SELTENEN INTERVIEWS GAB, OBWOHL... ABER DAZU SPÄTER. NUN ZU ETWAS GANZ ANDEREM:

MEI, ARM! ZITTERT WIE EIN CHIHUAHUA, IHNER PUDEL.
KA WUNDA, IS JO BRIDSCHNOS.

UND BULNOGGAD AUSSADEM.

ICH VERFLUCHE TÄGLICH MEINE ELTERN.

WIE KONNTEN SIE MICH NUR „WEISSE TAUBE" TAUFEN!

TAG. ICH HÄTTE GERN EIN T-SHIRT MIT ITALIENISCHER AUFSCHRIFT.
MOMENT.

SEHR SCHÖN. ABER GIBTS DAS AUCH MIT WEICHEM B?
NEIN, LEIDER NICHT.
ANTIPASTI

TJA, DANN...
MIT WEICHEM B?
???
ANTIPASTI

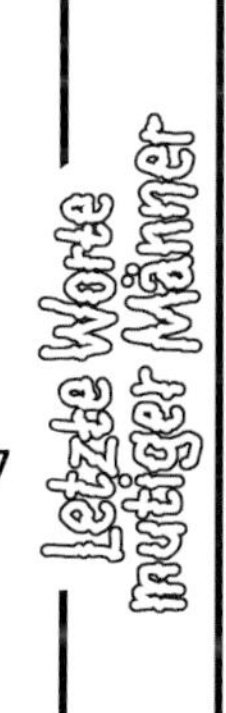
Letzte Worte mutiger Männer

TRAUST DI EH NED!

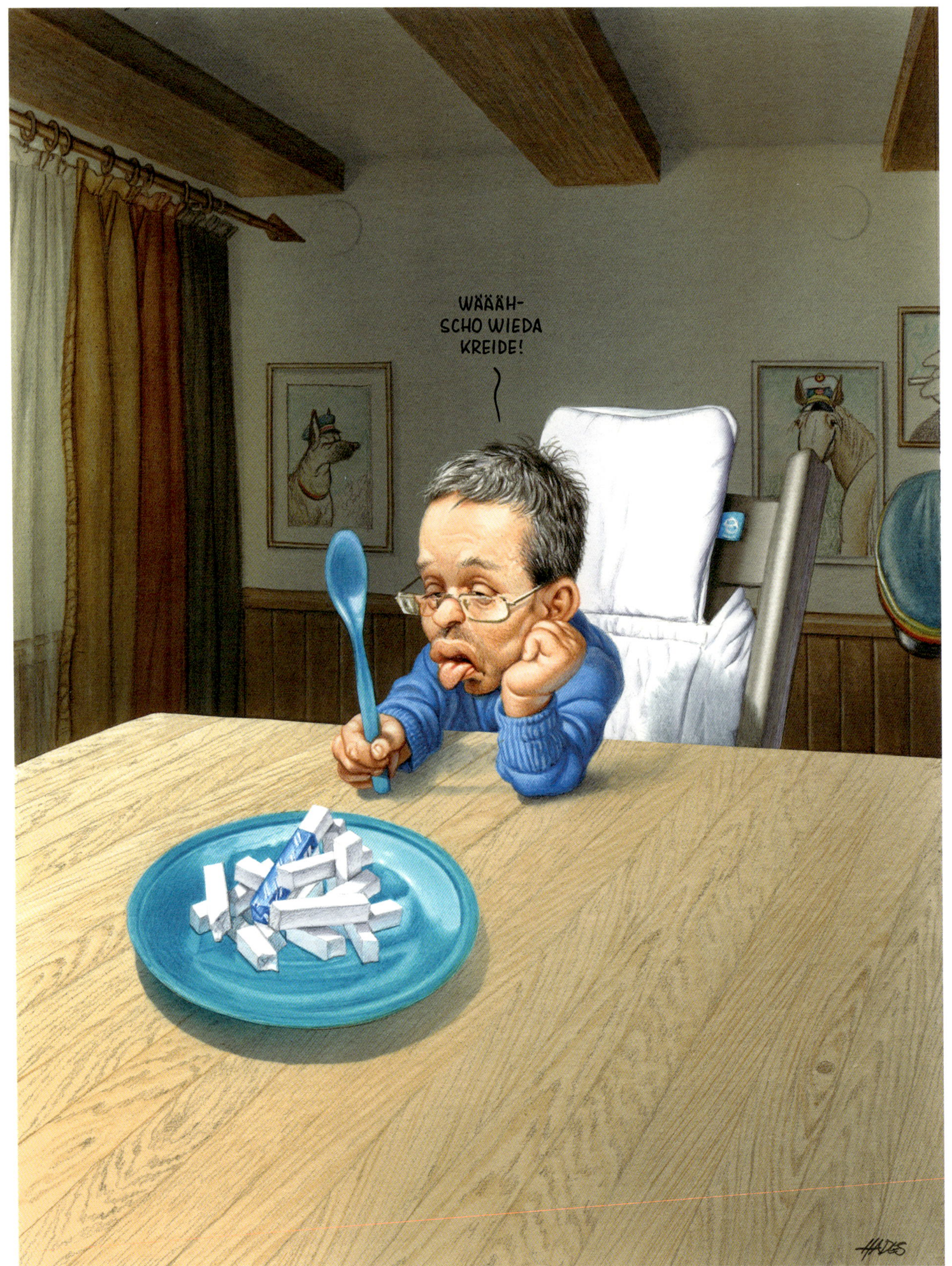

TÜRKISBLAUER SPEISEPLAN

DAS BÖSE IST IMMER UND ÜBERALL.

WAS EINEM KARIKATURISTEN JETZT NOCH DAZU EINFÄLLT...

GRÜNE BEWEGUNG

WAS SICH DER ORF ALLES EINFALLEN LÄSST…

FPÖ-GENERALSEKRETÄR MIT...

...UND OHNE BANANENSCHALE

CETA

MOFF.
GEPRÜFT: FREIWILLIGE SELBSTKONTR.
GFS
3,00 €
HADERERS FEINES SCHUNDHEFTL

BAND 11 17
BLAUER BÄR UND WEISSE TAUBE

BLAUER BÄR UND WEISSE TAUBE
IN DIESEN TRÜBEN NOVEMBERTAGEN, DA DIE SONNENTAGE IN UNSEREN BREITEN IMMER KÜRZER WERDEN, ERFREUEN SICH SOLARIEN UND BLÄUUNGSSTUDIOS GUTER GESCHÄFTE. AUCH DAS BELIEBTE TIROLER NUSSÖL MIT SELBSTBLÄUUNGSEFFEKT WIRD GERNE GEKAUFT. WER SICHS LEISTEN KANN, FLIEGT FÜR NAHTLOSE BLÄUE SOGAR EIN BIS ZWEI WOCHEN ANS TÜRKISE MEER ODER NACH TÜRKISAFRIKA. DENN DORT SIND JA DIE LEUTE, WIE MAN WEISS, TÜRKIS WIE DIE NACHT FINSTER. UND TÜRKISBLAU IST DIE HASELNUSS.

MEI! A TLANES BLAUES BÄRLI!

SOOOO KUSCHELIG UND SOO BLAU!

HEISSA! HEISSA!

DER SPINNT.
HOPPSASSA!

DER BÄR IS DOCH NICHT BLAU! DER IST EINDEUTIG BRAUN!
ACH WAS!

DER HATS NICHT SO MIT DEN FARBEN.

HAT AUCH SCHON SCHWARZ UND TÜRKIS VERWECHSELT.

OJE OJE- IS IHM LEICHT KALT, DEM TÜRKISEN?

IS YOU LIGHT COLD, TURKEY?
ENGLISH

UNDERSTANDS ME NOT.
ENGLISH

DAS ALLES WIRD SPÄTER EINMAL DIR GEHÖREN, MEIN SOHN.
WAS HEISST DA „SPÄTER EINMAL"?

KÖNNEN SIE MIR SAGEN, WAS DIESE WOCHE IM KALENDER STEHT?

TKTKKTTK
TKKKTKTTKKTKTK

MONTAG, DIENSTAG, MITTWOCH, DONNERSTAG, FREITAG...

35

Wilde

KARLI?

WIE GESTERN DIE FRAU LANDESHAUPTFRAU AUS DEM FERNSEHER GEGUCKT HAT, DA HAT DER PAPA GESAGT: WAS WILDE SCHON WIEDER?

DER SOUFFLEUR: WER, WENN NICHT ER.

LINZ
DIE PERLE EUROPAS
GENAU!
NEW YORK
CANADA
GRÖNLAND
ATLANTIC OCEAN
STOCKHOLM
ENGLAND
BERLIN
PRAG
Höhenrausch
voest Alpine Stahlwelt
(WIEN)
Tabakfabrik
Mariendom
Mural Harbor
Botanischer Garten
Brucknerhaus
Altstadt
Schlossmuseum
Hauptplatz
Kunstmuseum Lentos
Ars Electronica Center
TRAMWAY
Donau
Pöstlingberg 539 m
Linzer Zoo

SIE VERSTEHT SICH ALS PLATTFORM FÜR DEN LEBENDIGEN DISKURS ZWISCHEN KUNST UND POLITIK. ES FINDEN IN UNREGELMÄSSIGEN ABSTÄNDEN VERANSTALTUNGEN STATT: WORKSHOPS, VORTRÄGE, AUSSTELLUNGEN, DISKUSSIONEN, FILM UND MUSIK. UND VOR ALLEM: PARTY, PARTY, PARTY.

Die Schule des Ungehorsams

IN DEN RÄUMEN DER LINZER TABAKFABRIK

AM ERÖFFNUNGSABEND (18.NOVEMBER 2017) WAREN AUF DER BÜHNE ZU GAST: ANDREA MARIA DUSL, VIKTOR GERNOT, WERNER GRUBER, PETER HÖRMANSEDER (MASCHEK), PETER HUEMER, PHILIPP HÜBL, GERTRAUD KNOLL, RALF KÖNIG, MICHAEL SCHMIDT-SALOMON, TEXTA, PETER TURRINI, KONSTANTIN WECKER, TIM WOLFF (TITANIC).

SCHULE DES UN=
GEHORSAMS
WEGEN

SCHULE DES UN=
GEHORS

MISSISSIPPIDAMPFER „SISIPHOS"

VULKANAUSBRÜCHE EIGNEN SICH IMMER GUT FÜR SCHLAGZEILEN IN FUNK UND FERNSEHEN. SO WURDE UNSERE REIZENDE TV-MODERATORIN LIZZY DADURCH BERÜHMT, DASS SIE 2010, ALS AUF ISLAND EIN MÄCHTIGER VULKAN AUSBRACH, DEN NAMEN EYJAFJALLAJÖKULL FEHLERFREI AUSSPRECHEN KONNTE. AUCH DER POPOCATEPETL IN MEXICO, DEN SIE AUCH DON GOYO ODER EL POPO NENNEN, BEREITET IHR KEINE PROBLEME. WEIL EBEN KEINE „S" DARIN VORKOMMEN. ABER DEN NEUEN NAMEN FÜR DIE ALTE ÖVP, DIE „TÜRKISE LISTE KURZ", DEN FINDET SIE RICHTIG FEIFFE.

NO GUAD,
SOGDA BUL,

ZUA NOD
KONN I AA

MID DE EAL
WELN.

EINEN SCHLECKER!

EINEN SCHLECKER, EINEN
SCHLECKER!!!

EIN SEGELBOOT, EIN
SEGELBOOT!!!

DU BIST SOO
PEINLICH,
PAPA.

JETZT WIRF MIR BITTE NICHT
SCHON WIEDER VOR, ICH WÜRDE
EINES UNSERER KINDER
UNFAIR BEHANDELN!

ICH BEHANDLE ALLE DREI KINDER
GLEICH: DEN ANTON, DIE LISA
UND DAS SCHIACHE FETTE.

WIE MAN MITHILFE VON DIÄTBÜCHERN GEZIELT ABNEHMEN KANN.

DIE GEISTER, DIE ER RIEF

DIE SPANNUNG STEIGT – DAS BERÜHMTESTE PFERDEWETTRENNEN DER WELT STEHT UNMITTELBAR BEVOR. DIE LETZTEN WETTEN WERDEN ABGESCHLOSSEN, DIE TRIBÜNEN FÜLLEN SICH. ABER AUF DER RENNBAHN HERRSCHT UNRUHE, ETWAS IST ANDERS ALS IN DEN JAHREN ZUVOR.
WAS IST LOS?

Das Große Rennen

EIN KINDERBUCH MIT TEXT VON HEINZ JANISCH

Endlich war es soweit.
Das legendäre „Race of the Champions", das „Große Rennen", konnte beginnen.
Viele waren gekommen, um das berühmteste Pferdewettrennen der Welt zu sehen.

Endlich öffneten sich die Stalltüren.
Aber – es wurden nicht Pferde, sondern Kamele auf die Rennbahn geführt!

GESTATTEN: VILIMSKY.

NICHT ALLES, WAS IM UNTERHOLZ RASCHELT, IST EINE WILDSAU.

RÄTSELHAFTES ORAKEL

WAS IM LEBERKÄS DRIN IST, KANN NIEMAND SO GENAU SAGEN. EINE THEORIE LAUTET: RESTE VON ALTEN KNACKERN. UND IN DER KNACKER, WIRD VERMUTET, KÖNNTE ALTER LEBERKÄS DRIN SEIN. WÄÄH! ÄHNLICH VERHÄLT ES SICH AUCH MIT GE-NUSSMITTELN WIE SCHMALZFLEISCH, STREICH-WURST, GABELBISSEN, ETC. EIFRIG WIRD DAZU GEFORSCHT, EXPERTEN SIND ZUVERSICHTLICH, DASS MANCHES RÄTSEL ENTSCHLÜSSELT WERDEN KANN. ABER DIE GROSSE FRAGE, WAS DER TLANE POLIZEIMINISTER GENAU IM SINN HAT, DIE WIRD VERMUTLICH NOCH LANGE RÄTSELHAFT BLEIBEN.

EIN LIED!
ZWO, DREI, VIER:
ALLE MEINE JUDEN SCHWIMMEN AUF DEM SEE,
SCHWIMMEN AUF DEM SEE...
MAHLZEIT, DIE HERREN. EIN GRUSS AUS DER KÜCHE. VOM CHEF.

KREIDE?!

ALLE MEINE ENTLEIN SCHWIMMEN AUF DEM SEE...

letzte Worte mutiger Männer
HALLO!!! IST DA JEMAND?

MEIN GOTT, IST DER SCHIACH!

WO KOMMEN SIE DENN HER?
AUS BADEN BADEN.

UND STOTTERN TUT ER AUCH NOCH.

VURSCHRIFT IS VURSCHRIFT.

SCHMUTZIGER GEHT'S NICHT.

GRUSS AUS DER KARIBIK

URLAUB IN ÖSTERREICH BOOMT: TIROL IST NACH WIE VOR SPITZENREITER.

WENN AM STRAND EIN HANDY KLINGELT...

AUFATMEN IN DEN USA: ENDLICH GUTE NACHRICHTEN AUS SYRIEN.

ÖSTERREICH : DEUTSCHLAND 2 : 1

DER HOCHSOMMER IST DA, UND MIT IHM AUCH DIE GELSEN.

NOBLE GRÜSSE AUS LONDON

WOHNEN HEUTE: DIE MIETPREISE STEIGEN UND STEIGEN...

ZWEI MENSCHEN – MANN UND FRAU – LANDEN BEI IHREM ERSTEN DATE IN EINEM CABRIO AM MÜLLPLATZ. ANSTATT SICH VON DER BESTEN SEITE ZU ZEIGEN, SETZEN SIE ALLES AUF EINE KARTE. IN EINEM RICHTIGGEHENDEN RAUSCH ENTLEDIGEN SIE SICH STÜCK FÜR STÜCK DER FASSADE: IHRER KLEIDER, IHRER HABSELIGKEITEN, IHRER MORAL.
WAS IST ES, DAS ÜBRIG BLEIBT?

PETER TURRINI

Rozznjogd

heasd, pass auf, du hosd an kindawogn übafoan. wüsd wiaglich do parkn?
jo.

du bisd ja ned normal in meine augn. hosd ned gsegn, dasd an kindawogn zsomgfiad hosd? hosd as ned grochn ghead?
des woas kind in kindawogn.

do is gonz schön dungl, direkt spukhaft!
moch da nix draus. du wiasd di dron gwenan.

schau da amoi de gonze sauarei do on. wo kumd den des olles hea?

wo wiads scho heakumman? von da stod natürlich, woad nua, eines tages hauns a eadschichd drauf, und don sigsd do nuamea heisa, an gemeindebau nebman ondan.

VATIKAN: DER UNMUT WÄCHST.

BORN IN THE U.S.A.

WIR SOLLTEN DAS GLASERL HEBEN
AUF UNSERE BRAVEN, ENGAGIERTEN
POLITIKER.
HADERER

DER SCHÖNSTE TAG IM LEBEN DER FRAU AUSSENMINISTERIN

DER BEGOSSENE BUL

LIONEL MESSI SCHAUT DERZEIT GAR NICHT GUT AUS. IMMERHIN NOCH EIN BISSCHEN BESSER ALS HERR MARADONA, DEN IMMER ZWEI KRÄFTIGE BODYGUARDS HALTEN MÜSSEN, DAMIT ER NICHT STOLPERT. CHRISTIANO RONALDO ...NAJA. PFAUE SCHAUEN EBEN SO AUS WIE ER, ABER NUR DIE WENIGSTEN SCHIESSEN TORE NACH BELIEBEN, ALSO LASSEN WIR DAS EINFACH. WEIL SCHÖNHEIT LIEGT SOWIESO IM AUGE DES BETRACHTERS, SAGT MAN IN DEUTSCHLAND. NA DANN SCHAUN WIR AMAL, WIE JOGI LÖW DERZEIT AUSSCHAUT...

IN CINEMA, IN COFFEEHOUSE, IN BUS OR IN THE TRAMWAY: EVERYWHERE LET I MY UMBRELLA STAY. AND THAN, WHEN IT SHIPS, AM I IN ASS AT HOME.
ENGLISH

NO, NO, BOBBY! IT GOES NOTHING OVER A WEATHERFLAG LIKE THIS!
ENGLISH

ENGLISH

MACH DIR NICHTS DRAUS, HORSTI. KANNST JA NICHTS DAFÜR, DASS DU SEEHOFER HEISST.

MICH HABEN SIE AUCH JAHRELANG FLIEGER GENANNT, WEIL ICH SOLCHE OHREN HABE.

ABER DANN HABE ICH DIE BALKAN-ROUTE GESCHLOSSEN, SEITDEM BIN ICH IHR MESSIAS.
BRAVO! BRAVISSIMO!

ABER DEN TLANEN SALVINI, DEN VERARSCHEN SIE IMMER, WENN ER ITALIENISCH SPRICHT.
SI.

NA DANN SCHLIESSEN WIR DOCH EINFACH DIE MITTELMEERROUTE, DANN FEIERN SIE UNS WIE DIE HL. DREI KÖNIGE.
AU JA!
SI SI!

BIST JA DOCH UNSER KLÜGSTER!
FORZZA BASTI!
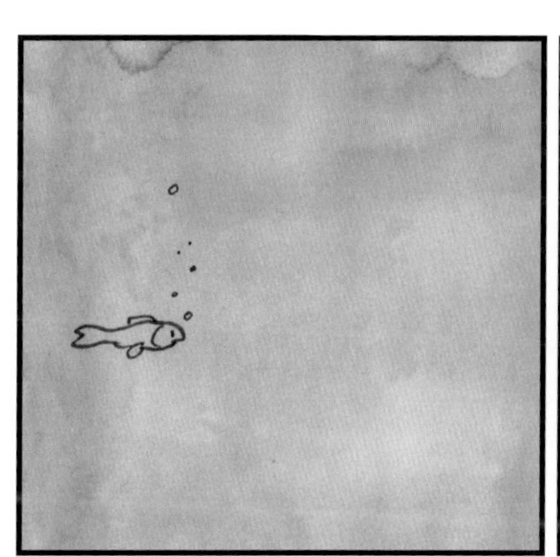

HI!

WO?

TÜRKISBLAUE WEIHNACHTEN

WACHSENDER WIDERSTAND GEGEN TOURISTEN-HORDEN

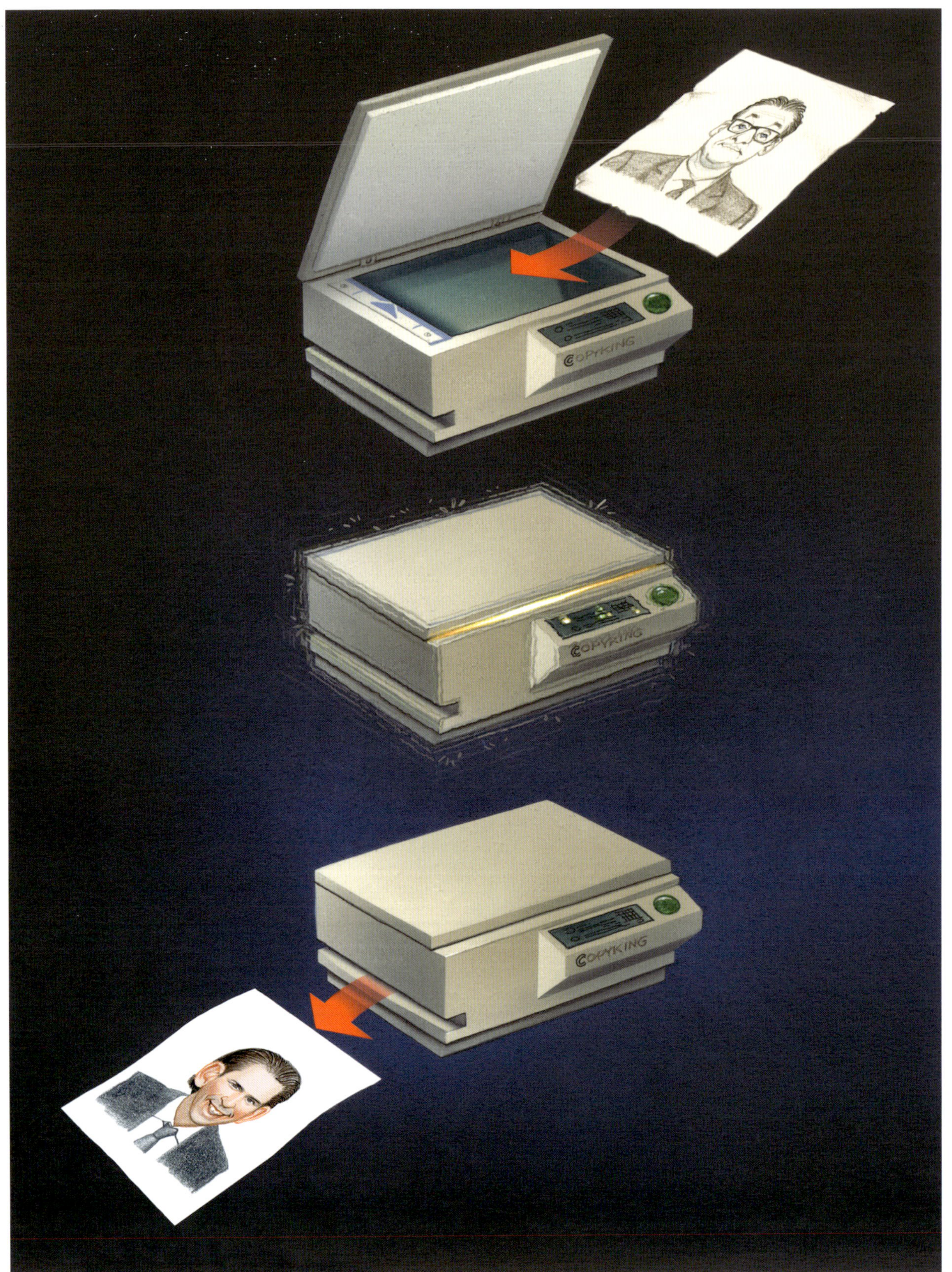

TÜRKIS-BLAUER KOPIERER

DER EWIGE ACHTUNDSECHZIGER

PROST!
SCHWÄTZER!